KB005779

스며드는
흥겨운
신음들

스며드는
흥겨운
신음들

———

권동기 시집

자서自序
제28 시집을 내면서

날마다 함성이 넘친다.
그 이유를 돌이켜 보면 바로 행복의 울림이다.
깨끗한 노래가 조용히 강물 따라 흘러가고
신비에 찬 노래는 넌지시 바람 따라 흔들려 가는
기쁨들

하늘은 땅을 굽어보며 희망을 내리고
산천은 들녘을 내다보며 즐거움을 건네고
생물은 식물을 보듬으며 생명을 꽃피우듯
인간은 지구를 보호하며 굳건히 지켜가는
아픔들

그 틈에서 우리들의 세상을 향한 꿈은
좋든 나쁘든 그에 빠지지 않고
내 삶의 힘찬 취미와 알찬 보람을 만끽하며
찬란한 박자와 더불어 내일을 맞이하리라 믿는다.

스며드는 흥거운 신음들

지난 7월에는 자애로운 어머니를 여의고

오는 12월에는 사랑스러운 고명딸이 시집가는 등

올 한 해는 나의 일그러진 얼굴에 아픔과 기쁨이 교차되는

잊지 못할 계묘년이 될 것 같다.

2023년 11월 하순

영덕에서 권동기 배상

차례

1부

2부

3부

4부

5부

1부

꿈꾸는 변명들

가끔 유유자적할 시간을
소중히 애용해야 함에도

정녕 무심히 지나치고
수많은 쉼터를 잃어버린 채

그냥 저물어 가는 공간을
정성껏 즐길 줄 모를 넋이라면

허투루 쓴 조그만 정이라도
삶의 미련을 간직할 순 없다.

아스라이 물드는 이방인

좋은 말 건네도 바쁜 세상인데
나쁜 말 건네며 기쁨을 누리면

태연히 비아냥대는 인생살이가
흐뭇하게 요동칠지 몰라도

작은 칭찬에 혀를 멈춘 대가로
하늘이 무너지듯 통곡할 테고

커지는 비련마저 추스르지 못해
땅이 으스러지듯 후회할 테지.

초야의 흐릿한 빛들

시를 읊는 낭랑한 소리는
산속에서 노래하는 새들의 속삭임이고

꿈을 심는 늠름한 침묵은
들녘에서 피어나는 새싹의 자장가이니

정을 치는 엄청난 굉음은
강가에서 부대끼는 자갈의 물장구이고

넋을 잃은 은은한 공간은
하늘가에 모여드는 구름의 몸부림이다.

해와 달

얇은 황혼을 펼쳐놓고
마침내 서해에 잠들 무렵

비운 만큼 채워준 달 아래
하루의 햇살에 녹은 생명들이

주름살에 그늘이 겹치고
나잇살에 미소가 엷어진 탓에

오늘 밤도 제 살 깎으며
동트는 뒤안길에 얼굴을 묻는다.

터전에 피는 생명

시들다 핀 꽃이
엎치고 덮쳐도
예쁘고

사라지다 뜬 볕이
얽히고설켜도
따갑다.

예쁘게
향기가 품어지니
들녘마다 살맛 나고

따갑게
열매가 고와지니
농가마다 눈부신다.

제명대로

엎어질 정도라면
탈진 상태라고
애써 변명해야 하던

넘어질 경우라면
건강상의 문제라고
분명 밝혀야 하는데

하룻밤만 자고 나면
말끔히 해소될 것처럼
믿음조차 외면하니

여유를 즐기다 보면
제명대로 누릴 수 없는
아픔으로 와 닿을 수도 있다.

희망의 샘

흐리지만
굵직한 웃음이 섞여 있고

맑지만
연약한 미소가 흩어져도

닿는 곳마다
찌푸렸다 핀 모습이 정답기에

우리네 터전에는
희망의 샘은 흐른다.

스며드는 흥겨운 신음들

농가農家의 삶

좋은 씨를 골라야
새싹도 좋다.

멋진 싹 틔워야
줄기가 굵다.

필 꽃이 정겹고
맺힐 열매가 튼실할 때

하루살이 둥지엔
희망의 침이 괸다.

사람 사는 곳에는

귀 쫑긋하면
매화가 숨 쉬듯

눈 뜨면
난초가 푸르듯

입 열면
국화가 속삭이듯

코 벌렁거리면
댓잎이 춤추듯 하다.

보람된 삶

일하는 터전이
고래 등 닮거나

쉬는 둥지가
게딱지 같아도

농부가 씨 뿌리는 행복이 있고
도붓장사가 물건 파는 즐거움이 있듯

힘들고 고뇌스러운 길이라도
그나마 보람된 삶이다.

사상에 물든 괴리들

부족한 대로 펼쳐진 사진 속에는
영원히 무너지지 않을 듯 웃고 있거나

만족한 대로 담아둔 풍경 속에는
순식간 솟아날 듯 생명들이 울고 있어도

쉬움에 긴장이 풀어져 노래 부르고
어려움에 온몸이 굳은 채 춤을 추어도

마음조차 흔들 수 없을 색바랜 길목에 따라
피고 지는 사연이 쉴 새 없이 요동친다.

호된 바람

평화롭고 선량한 놀이터를
사선을 넘는 전쟁터로 착각하고

아름답고 찬란한 보금자리를
짓눌러 밟힌 시궁창으로 느낀다면

자신이 저지른 언행을 감춰두고
아무 일도 없었던 것처럼 미소 지으며

올바르게 살았노라고 절규하다 보면
호된 바람 한 점에 눈물 쏟는다.

낯선 이방인처럼

꽃 필 때
여자는 찻집으로 가고

비 내릴 때
남자는 술집으로 가듯

때론 지나칠 수 없는
꿈길 따라

낯선 이방인처럼
숨 멎을 듯 방황하곤 한다.

나들이 가는 날

도란도란 보따리 둘러매고
하늘에 뜬 구름처럼 평화롭듯

덕지덕지 나들이에 눈요기하며
대지에 핀 들꽃보다 여유롭듯

스치는 남녀노소에게로 전할
짧은 대화에도 신바람을 일으키며

굽어도 높은 산등성이를 훔쳐도 정답고
휘어도 넓은 허허벌판을 느껴도 즐겁다.

속죄의 길

어깨를 추스르고
고개 숙인 마음을

조그마한 이름으로
부푼 감정에 녹인 그릇에

막말한 과거를 돌이키며
막 나간 현재를 뉘우치며

미래의 심정을 섞어 담아
속죄의 길 걷고 싶다.

정치는 허상이다

친한 그 모습마저
가면에 숨겨 두고

돌도 포장하면
금궤가 되듯

보물도 깎아내려
흉물에 담듯

당파에 물든 채
영웅인 양 허둥댄다.

환희의 정

산이 높지 않다면
등산이 아니라 산책한다고

강이 깊지 않으면
수영이 아니라 세수한다며

진담 같은 농담이
버젓이 살아 숨 쉴 테고

녹록히 젖어 드는 마음마다
환희의 정만 깊어질 테지.

스며드는 흥겨운 신음들

이슬비 내리는 날

가끔
이슬비 내리는 날이면

몹쓸
허상의 공간을 벗어나

멈칫
달콤한 술잔이 닳도록

마냥
고뇌를 삭히고 싶단다.

터전에 피는 꽃

비를 좋아한다는 것은
그만큼 가뭄에 애간장 탔다는

볕을 즐긴다는 것은
그동안 장마에 몸서리쳤다는

그런 희비가 있었다는 것을
하늘과 땅이 모른 척해도

갈라지고 벌어진 터전을 녹인 덕에
트고, 맺은 은혜만은 덧없다.

올바른 길

노래 잘하는 사람이
춤추는 직업을 가진다면

연극 잘하는 사람이
글 쓰는 작가가 된다면

취미는 모험으로 꿈꿀 수 있으나
좀처럼 마음이 요동치지 않을 때는

산 넘어 산을 접하면 고통이 되고
강 건너 강을 만나면 피로가 된다.

2부

잊지 못할 변명

마음을 녹인 생각이
뇌리를 적신다는 이유에도
꿈 같은 의문이 든다면

몸을 추스른 행동이
추억을 품는다는 느낌에도
정 떼는 기분이 스치면

흘러가는 물이나
타오르는 불이나
날리는 바람이나

산허리의 굴을 지나고
강 위의 다리를 건너가도
진실은 외면할 수 없다.

022
스며드는 흥겨운 신음들

가슴 설렌 기억들이
불현듯 뇌리를 스치면
조명의 빛이 움직이기 시작할 때다

멈칫 속앓이에 머리 식힐 즈음
찰나의 풍경 속에 멈추면
고뇌의 줄거리가 마침표를 찍을 때다.

애끓은 하나의 작품마다
부풀어진 심장에 멍들듯
쌓은 원고지가 낡아 뭉그러져 떠난 후

뒷짐 지고 유유자적할 골목길에
쉰 내음 물든 시집 한 권이 전해지는 날
비로소 고뇌가 사라지듯 피로가 풀린다.

걸어갈 길

엿 가락 늘리듯
행복을 쭉 늘리고 나면
세상에 일어날 고통은 없을 테고

나뭇가지 치듯
불행을 툭 자르고 나면
인생에 스며들 정겨움만 있을 테니

마음먹기에 따라
생각하기에 따라서 피어날
걸어갈 길에는

가시밭길이 펼쳐지고
꽃길이 사라진다 해도
정작 인간이 걷는 길은 평화롭다.

자연의 소리

천년의 숲을 이루는
한 그루 나무가
산을 본다

여러 갈래로 뻗어가는
한 줄기 꽃잎이
강을 본다.

첫 생명이 과거가 되고
헤아릴 수 없는 숨소리에 현재가 되니
덧없이 묻어가는 미래에는

아침에 집 주변을 돌며 호흡하고
점심에 동네 한 바퀴에 건강을 다지고
저녁이면 세상을 향해 긴 숨을 내쉰다.

인류의 꿈들

그토록 애잔한 시간이
웃음꽃 널브러진 광장이나
눈물 꽃 엎질러진 공간에 따라

눈으로 마주한 풍경을 피하고
손으로 잡은 만남을 떨치던
그 기억들이 깡그리 사라지고

뜨겁게 타오를 눈빛이나
굳세게 꽉 잡을 반가움에
세상을 뒤집어 놓은 행복을 향해

아침에 뜰 해를 마중하며
저녁에 질 달을 배웅하며
인류의 숲을 풍성히 가꾸어야 한다.

자연 속에 멍드는 사연

고독한 노래를
외로울 때 들으면
그 마음은 빗물에 젖어 든다.

행복한 춤을
즐거울 때 보면
그 심정은 등불에 녹아내린다.

크게 밀어낼 행복처럼
작게 쏟아낼 고독처럼
비비듯 긁어대는 운명이기에

꿈꾸고
가꾸고
꾸며가는 인생인 거다.

마음 가는 길에는

조그마한 그릇에
커다란 뜻을 담아 보면
마음이 넓어지고

커다란 나무에
작은 열매를 달아 보면
포부가 좁아지니

무엇을 향해 걸어야 한다는
작은 이유라도 있을 때
비로소 희망을 얻을 수 있고

어떤 길이든 가지 않는다면
속마음마저 빛바랜 정이 허물어지고
정녕코 절망의 늪만 깊어 간다.

품 안의 뜻

앉아서
소꿉장난하듯

걸으면서
달음박질하듯

뛰면서
엉거주춤하듯

마음으로 전하는
다소곳한 미소라도
향기롭다.

의식주衣食住의 삶

과거를 익히고 가다듬으면
어떤 옷을 입어도 단아한 풍취가 있고
한복의 진정한 품위가 드러난다.

현재를 녹이고 군침 다시면
여러 맛을 보아도 구수한 향기가 있고
한식의 신선한 음미가 느껴진다.

미래를 꿈꾸고 포근해지면
온갖 집을 지어도 포근한 구들이 있고
한옥의 따끈한 감동이 넘치기에

잘 입어야 멋이 나고 따뜻하고
잘 먹어야 맛이 들고 배부르니
잘 자야 정이 쌓이고 흥미롭다.

꽃이 꽃이기를

꽃이 꽃을 좋아하는 건
꽃이 꽃이기를 바라는 일이기에
그 꽃은 진정 꽃이다.

꽃이 꽃다움이 없다는 건
꽃이 꽃을 파멸시키진 않더라도
그 꽃에 대한 모멸감이 있다는 거고

꽃이 꽃이기를 포기하지 않는 한
모진 꽃을 다듬고 빗질하면
좋은 꽃으로 필 향기가 있기에

꽃이 꽃이라고 절규하지 않아도
꽃이 꽃이라 믿는 만큼
꽃 속에 꽃으로 피는 꽃이다.

조용히 피는 꽃

존경받는 어른이라도
부끄럽지 않은 분이라면
그리울 만큼 박수를 보내고

사랑받는 인연이라도
지혜롭지 못한 님이라면
아픈 만큼 눈물 쏟을 일이지만

세상에 알려진 만큼
마음가짐이 깨끗해 보일 때
옥에 티라도 꽃처럼 눈부실 테고

사회에 필요한 만큼
정직한 경력이 자연스러울 때
비로소 사람다움에 찬사를 보낸다.

꿈처럼

드디어 기다렸던
꽃망울 터뜨리고
향기가 피어난다.

예쁘게 속삭이던
꽃잎이 떨어지니
열매가 탐스럽다.

햇살에 변해가는
농촌의 색상들이
산천을 일깨우며

들녘의 춤바람에
농심이 노래하니
세상이 풍요롭다.

변하는 마음

세상이 어지러울 때
고요한 산천을 배회하다가
속세와 등진 이방인이 생겨나고

사회가 아름다울 때
분주한 번화가를 거닐다가
대중과 맞댄 예술인이 늘어가듯

행복할수록 즐거움이 쌓이고
불행할수록 그리움이 묻어나니
시간에 따라 피고 지는 삶들이

다가가면 그만큼 멀어지고
길어지면 그 정도 짧아지듯
고요히 이유 없이 흘러갈 뿐이다.

나에게 한 말

어깨를 토닥여 주는 모습보다
머리를 쓰다듬어 주는 것이 더 아름답다면
그건 너무 나간 거라고 한다.

칭찬을 건네는 눈빛보다
마음을 바로잡아 주는 것이 더 현명하다면
이건 너무 다가가는 거라고 한다.

마음으로 전하는 고운 심성이 통해야
단 한마디 쓴소리에도 귀 기울이며
정다운 덕담처럼 좋은 의미로 품을 수 있기에

누구나 소중히 즐겨 쓰는 명언들이
가슴 뭉클하게 느껴지는 지혜처럼
한점의 빛 될 진리를 전해주는 거란다.

길에 핀 꽃

아픔은 건강을 향해 물결치듯
행복은 언제나 영원하지 않기에
징검다리 건널 때도 조심조심

고뇌는 예술을 꿈꿀 몸부림이듯
성공은 그다지 오래가지 않기에
옥상 계단 오를 때도 쉬엄쉬엄

세상은 온통 저절로 될 꿈은 없지만
인류는 늘 포기하지 않을 삶이기에
평탄 길을 걸을 때는 뚜벅뚜벅.

흥이 살아날 때

종교에 혼 잃지 말자
그 곁에는 온통 신바람이 불고
그 맛에 날리면 내가 없다.

정치에 독 내뿜지 말자
그 속에는 온갖 비바람이 불어
그 멋에 안기면 내가 없다.

금융에 정 빼앗기지 말자
그 틈에는 마냥 헛바람이 부니
그 향에 녹으면 내가 없기에

잔잔한 바람에도 옷깃을 휘날리게 하고
넉넉한 메아리에도 흥이 미끄러지게 하면
비로소 감흥에 젖은 내가 있다.

건강의 눈빛들

즐겁게 잘 먹으니
그냥 얼버무리며 씹어도
식성 좋단다.

힘차게 잘 싸니
애써 끙끙거리며 쏟아도
시원하단다.

편하게 잘 자니
절로 몸부림치며 꿈꿔도
달콤하다고

자랑삼아 어깃장을 놓으면
은근히 괜찮다는 눈짓보다
건강하다는 몸짓에 너스레를 떤다.

웃고 사는 게 인생

멈추었다 흩어지는 낙엽이
모진 풍파에도 아파하지 않고
노래를 흥얼거릴 수 있다.

쌓였다 무너지는 탑이
높은 절벽에도 공포증이 없어
막춤을 흔들어 댈 수 있다.

무엇이든 생각나지 않아도
아무것도 아는 것이 없어도
당차게 목적지까지 갈 수 있으니

고통의 힘으로 뛰더라도
절망의 악으로 걷더라도
그저 웃고 사는 게 인생이란다.

맴도는 삶

아름다운 꽃이 장미라면
향기가 없는 호박꽃이
꽃이라고 느껴질까

슬기로운 꿈이 출세라면
진실이 없는 허상은
꿈이라고 생각할까

지나가는 시간을 향해
밀알의 정을 가슴에 되뇌며
열심히 살아간다면

향기가 느껴질 코가 무뎌져도
현실을 바라볼 눈이 흐려져도
행할 발자취는 멈출 수 없다.

뜬다고 별이 아니다

어린이가
노래를 잘 불러도
심장을 녹일 수 없는 것은

어르신이
춤을 잘 추어도
온몸을 흔들지 못한 것은

경륜이 적어 감흥이 없고
연륜이 많아 율동이 없어
가슴앓이할 뿐

듣고 볼수록
다 똑같은 촌평은
쉬이 내뿜지 못한다.

3부

시의 의미

여린 마음으로
서정의 꽃잎 피우고

고운 목소리로
낭송의 울림 적시고

예쁜 몸짓으로
시화의 풍경 담으면

하늘엔 은하수가 노래하고
땅엔 아지랑이가 춤춘다.

정서의 빛

짧은 시를 좋아한다는 것은
생각을 좁게 한다는 것이 아니라

긴 소설을 가까이하는 것은
행동을 넓게 한다는 것이 아니라

짧거나 길지 않는 수필을 즐기는 것은
고뇌를 어중간하게 펼치는 것이 아니라

하늘이 높고 땅이 넓어서 흥미로운 것보다
정서의 빛 따라 감동의 물결이 있을 뿐이다.

허무의 성

언젠가
푸른 꿈을 꾼 적 있다던
그 여인의 말속엔
무지갯빛이 타고 있었단다.

아무도
말할 수 없었고
그렇다고 내뱉을 수도 없었던
인고의 시간을 넘어

기어이
온몸으로 감춘 지혜로운 날
무언의 실선을 지운 탓에
고뇌에 젖은 시간이었단다.

여명의 등불

비빌 곳 없는 언덕에는
대나무 숲으로 우거졌는데

진리를 담은 여명의 등불이
그림자보다 더 강렬해지지 않고

높아질수록
넓어질수록

웅대하리라는 그 뜨락에는
작은 불씨만 곱게 반짝이고 있다.

포용하는 마음들

나의 허물은 나에게 있고
너의 티끌도 나에게 있다고 고백하면

너의 애환은 피어나지 않음이고
지핀 불똥조차 사라질 것이지만

끝까지 으름장에 불만을 쏟아내며
되려 타는 불에 기름 부을 생각이라면

함께 즐거움을 누려야 할 인성 간에
너그럽지 못할 적대심만 남을 뿐이다.

마음의 흔적들

찬란한 시를 쓰고 싶다고
열정적으로 내뿜는 것보다는

소리 없이 흐르는 한줄기 물처럼
예술의 창에 내린 입김 같은

몰래 피어 살며시 왔다가
그리운 안고 미련 없이 사라지듯

은은한 울림으로 빛바래지는
마음의 흔적을 남기고 싶은 거다.

새 생명의 길

씨를 뿌린다는 것은
시집을 처음 낼 때의 기분처럼
솟구치는 기쁨이 있다.

숨죽여 피는 싹들이
자연의 바람결에 따라
굴곡진 찰나도 더러 있지만

메마를 때 다가오는 빗방울에 울고
찰질 때 스며드는 태양에 웃으니
천하를 얻은 듯 심장이 뛴다.

심은 대로 오는 땅심에 고맙고
키운 만큼 주는 동물에 놀라니
미래의 터전은 영롱하다.

여유로운 길

시선 받을 앙탈보다는
신선 같은 애정을 쌓는다면

겉치레에 허비되는 시간보다는
내실 있는 공간을 채운다면

마음이 깊어 갈 즐거움이 있고
여유로운 만족감이 더해지는 날

진정한 보람을 느낄 수 있는
그런 삶이 내겐 더없이 벅차다.

사색의 변

강 건너 불어오는 미풍이 정답고
산 넘어 전해주는 소식이 흥겨운 건

자연과 자연이 만날
숲길이 뚫려있는 이유이고,

하늘이 내린 숭고함을 베푸니 즐겁고
땅이 건넨 소박함을 익히니 흐뭇한 건

사람과 사람이 겯을
길목이 뻗어있기 때문이다.

옛 풍취의 꿈

꽃핀 길에 서면
첫 연민의 정 솟아나고

돌담길을 돌면
옛 풍취의 꿈 스며드니

솔솔바람 부는
동네 어귀에 앉아

켜켜이 물드는 낙엽을
물끄러미 내려다본다.

남 탓하다 보면

이유 없이 마신 술이
육신을 불거지게 해놓고
왜 맑은 꿈을 뭉개버리는지

조건 없이 가진 정이
정신을 혼미하게 떼놓고
왜 밝은 넋을 무너뜨리는지

비 오는 날엔 양산이 되고
빛 쬐는 날엔 우산이 되듯
엇박자의 음률에 젖어도

산에는 새들이 노래하고
강에는 물고기 떼가 춤추니
인생은 그나마 행복하겠지.

꿀이 없는 꽃

여름 아지랑이보다 겨울 상고대를
한 번이라도 보고 싶은 나에게로

알고 모르는 척하는 것보다
모르면서 아는 척하는 나를 향해

기분 나쁘지 않은 애정의 말처럼
귓속말로 은근슬쩍 전해온다면

가을바람보다 봄꽃 같은 마음으로
소소히 믿음의 뜻을 담고 싶다.

숨은 진리

울림이 요동치고
감동이 자지러지면

얽히고설키는 놀이처럼
먹고 뱉는 소용돌이에

뜻대로 되지 않는
여명의 삶이라 절규해도

책갈피에 숨은 진리만은
핍박에 짓눌릴지도 곱다.

생각대로 산다는 것이

사는 것이 행복인데
그렇지 못함에 성내는
나에게

꽃이 자유롭게 피어야
향기가 인류를 유혹할 테고

삶에 찌든 터전이라도
정신이 세상을 잡아 둘 텐데

움칠거리는 순간마다
육신이 메말라간다는 걸
귀띔할 뿐이다.

정도正道의 빛

즐겁다는 표정이
되레 웃음거리가 돼도

걷다가 넘어지는
볼썽사나운 눈짓보다는

앉다가 엎어지는
허우적대는 몸짓보다는

세상 사람에게 전하는
무정이라도 있기에 해맑다.

스며드는 흥겨운 신음들

베푼 정

위험에 처한 순간에도 도울 수 없음은
과거의 공포심이 컸기 때문일지 모르고

필요에 의한 몸짓에도 다가갈 수 없음은
현재의 동정심이 작은 이유일지 모른다.

그런 나 자신이 우스꽝스러울 수도 있고
그에 따른 배려심에 젖어 달려올 때까지는

바램을 향해 소박한 애정의 믿음보다는
나를 꾸짖는 시간이 더 필요할지도 모른다.

낯설 듯

억지로 받고 싶지만
마음이 내키지 않으면 멈춘다.

막연히 받고 싶을 때도 있지만
행동이 부자연스럽기에 잊는다.

움직이지 않는 목석 같지만
애달픈 정을 나누어 주고 싶어도

골목길 따라 걷던 추억마저
낯설 듯 부끄러움처럼 느껴진다.

잎

그 푸른 꿈을 적시고
신바람 일으키는 세상 속으로
더욱 붉게 토악질하는 세상을 보며

산은 산대로 단풍으로 물들이고
강은 강대로 물감으로 흩뿌리며
더 웅대한 마음을 안고 인생을 보며

한해살이도 모자라는 풍경을
온몸으로 누그러뜨린 채
본연의 모습을 사방으로 내려놓으며

지치지 않고
빛바래지 않도록
끝없는 청춘이기를 믿는다.

그들의 노래

농업을 향한
오곡백과의 결실이

문학을 위한
예술작품의 창작이

땀방울로 엉켜
삶의 전율이 되고

그 고뇌에 설켜
혼의 노래가 된다.

귀천 시비를 보면서

고통의 시간을 잊고
절망의 아픔을 삭이며

속울음을
녹록히 삼킨 채

죽도록
한없이 소풍을 즐기다

아름다움처럼
돌아가는 거란다.

4부

인류의 빛

누린다는 것은
행복을 찾아야 하는데
다가갈수록 멀어지고

떨친다는 것은
불행을 묻어야 하는데
멀리할수록 찾아드니

낮은 꽃봉오리에 향기가 피어나도
내 정서의 전율이 쓰라려지면
행복의 그늘이 활짝 드리워질 테고

높은 산봉우리에 냉기가 넘치고도
네 마음의 심정이 따스해지면
불행의 빛이 움찔 사라질 테지.

나를 낮추는 삶

내가 최고라고 생각할 때
세상은 이미 내 곁에 존재하기에
아무리 업신여겨도 기쁨처럼
흡족함에 빠져들고

네가 먼저라고 느껴질 때
사회는 벌써 네 속에 갇혔기에
넌지시 치근덕대도 미소 짓듯
만족함에 젖어든다.

곁눈질하거나 삿대질하는 것보다
언제나 즐거운 대화를 나누는 것이
멋진 풍경처럼 찬란한 물결이
일어나길 바라고

비아냥대거나 헐뜯는 것보다
흥겹거나 즐거운 술잔이 오가는 것이
값진 만남처럼 뭉클한 음률이
넘쳐나길 믿는다.

덧없는 꿈들

신록의 삶을 뿌려놓은 것이
대자연의 꿈을 펼쳐놓은 것이니
감히 손대면 재앙이 있을 것 같고

예술의 뜸을 흩트려 놓은 것이
대작품의 혼을 숨기려는 것이니
정녕 눈 뜨면 축복이 필 것 같아

자연과 인간이 어우러지는
지구촌의 근엄한 숨소리조차도
혼불의 짙은 감동이 피어오르는 것 같기에

희망의 꽃에는 춤바람이 불고
절망의 늪에는 칼바람이 스쳐도
가슴으로 토한 세상은 한결같다.

진실의 강

나보다 아는 것은
그만큼 채웠다는 뜻이기에
상수라 칭해도 열 받을 수 없고

너보다 없는 것은
이만큼 비었다는 이유이기에
하수라 말해도 골낼 수 없다.

알수록 겸손해지고
가질수록 겸허해지는 사실도
스스로 깨달을 수 있겠지만

대상에 의한 신음처럼
나락으로 떨어뜨리는 순수한 다툼은
허상의 빛으로 물들 뿐이다.

하루의 뜸

땀방울이 비 쏟듯
그렇게 즐겼던 한나절의 농토에는
잠시 스친 듯 어둠이 내려앉고

서정시가 꽃 피듯
이렇게 물드는 한밤의 서재에는
깜박 졸듯 등불이 올라서서

주변에 널린 책을 비추어
익고 익은 색바랜 추억들을 뜯어내며
허울의 먹잇감처럼 흥얼거리고

텅 빈 원고지를 들추어
닳고 닳은 함축된 언어들을 뽑아내며
고뇌의 노랫말처럼 꿈틀거린다.

볕 드는 행복

유월에는 꽃이 만발하여
하늘 아래 허공에 어우러져
여명의 희망을 부풀리기에 좋고

시월에는 열매가 가득하여
땅 위 빈터에 널브러져
결실의 감동을 잠재우기에 좋다.

매년 이어가는 생활의 좁은 공간마다
볕 드는 행복이 쉼 없이 흐르고
어깨를 들썩이는 즐거움이 있기에

경륜은 계절을 얼싸안고 한없이 춤추고
연륜은 그리움으로 끝없이 노래하니
삶이 있는 명랑한 뜰이 날로 새롭다.

나의 몫

억지로 봉사한다고 해서
마음이 전달되는 것이 아니라
되레 고통만 줄 것이라고 한다.

구겨둔 돈 몰래 준다고 해서
날 듯이 좋아하는 것이 아니라
오히려 기분만 더러워질 것이라고 한다.

마음과 마음이 전해지고
비로소 세상이 아름다움을 토할 때
뇌리의 꿈마저 즐거워진다는 것을

늘 현재를 토닥이며
과거나 미래의 중심 선상에서
묵묵히 나의 몫을 쌓아가는 거다.

늘 모자라는 마음

높은 하늘을 두고
서울의 롯데타워를 들먹거리다가
줄자로 뻗쳐보면 도토리처럼 부끄럽다.

넓은 땅을 놓고
영덕의 허허벌판을 둘러대다가
저울에 올려보면 조약돌처럼 허망하다.

무엇이 나보다 못하다고 하는지
어떤 심성보다 곱다는 것인지를
대들보에 눕혀놓고 분석해 보면

너보다 더 모자라는 마음이고
나보다 더 잘생긴 얼굴이기에
더 순박하고 아름다운 풍경과 같다.

하소연

어제는 강나루를 덮은 이슬처럼
허둥대는 마음을 드리우고 떠나다가
대낮에 소똥을 밟은 듯 약발을 받고 오더니

오늘은 산허리를 잡은 구름처럼
빈털터리 가슴을 내비치며 돌아앉아
저녁놀 훔쳐보다 말고 뭔가에 씌었는지

내일은 하고 싶은 말이 있겠다 싶었는데
멀어질 듯 가다가 다시 웃으며 왔노라고
부끄러움도 하나 없이 내뱉은 터라

글피는 고요히 아픔을 잊고 누워 있기에
그냥 뭉그적거리듯 기회가 닿으면
그 밤엔 울다가 잃어버린 시간이라 해야겠지.

열중하는 모습들

농토에 줄지어 세워 놓은
그 숱한 오곡들을 지키기 위해
귀를 쫑긋 세워 새를 쫓고

눈에 보이는 잡새들을 찾아
입이 닳도록 질러대는 큰소리에도
코를 벌렁거리는 산짐승이 무섭지만

슬그머니 밭머리를 돌아다니며
꾸준히 무엇에 홀린 것 같이
땀에 젖은 채 열중하는 순간들을

세월이 지난 지금도
젊은 날에 횡재할 것 같았던 기분이
쉽게 사라지지 않는다.

만남에 대한 비애

간혹
포기하면
아플 거 같고

정말
흔적을 지우고 나면
눈물이 날 것 같은

그런
만남으로
지속되어 간다면

심장은 뛰고
터질듯한 마음엔
그리움만 남는다.

부부가 걷는 길

밀짚모자 꾹 눌러 쓴
땡볕 지고 걷는 남정네는
소나기처럼 힘 솟기에

생명산업에 헌신을 다 해
씩씩대며 농산물을 가꾸고

장바구니 꽉 잡아 든
달빛 이고 앉은 아낙네는
가로등처럼 빛나기에

가정복지에 발전을 위해
쓱쓱 대며 가공품을 손질한다.

농부의 시간들

밭에 흙을 덧씌우고
동네에 날리는 낙엽을 모아 깔면
산자락에 부는 바람이 다가온다.

논에 물을 고이게 하고
정성껏 보관한 볍씨를 흩어 놓으면
돌담길에 쉬는 잡초가 날아든다.

그 숱한 방해에도 아랑곳없이
가끔 삽과 괭이를 들고 나설 때는
그날 밤은 끙끙대다 동이 튼다.

세상일이란 것이

고통의 열차가 지나면
즐거운 여행이 시작되듯
현실적인 만족이 있을 것
같고

행복의 시간이 오면
아픈 추억이 사라지듯
가식적인 불행이 없을 것
같은

적나라한 세상이라도
시련도, 비련도 아닌
한낱 여유로운 흐름만 있을 것
같아

스스로 정리 정돈하다 보면
세상일이 정지된 것처럼
새로운 풍경이 펼쳐질 것도
같다.

부딪치는 삶의 노래

밀치고 당기는
줄다리기의 즐거움인데도
아옹다옹 싸움질이다.

올리고 낮추는
시소 놀이의 정겨움인데도
아귀다툼 노략질이다.

홀로의 길은 모나도 너그럽지만
둘 이상의 길엔 늘 먼지가 휘날려도
흐뭇하다는 식으로 산다.

숨 막히듯
허우적대는
인생처럼.

스며드는 흥겨운 신음들

연극 같은 세상살이

가장 좋아하는 선물을 안고
저 산을 넘어올 님이

길 걷다가 발밑에 밟힌
보석을 주었다고 웃는다면

기쁨일 테고,

정말 싫어하는 흉물을 들고
저 강을 건너갈 분이

춤추다가 머리에 꽂힌
꽃핀을 잃었다고 운다면

슬픔일 테지.

장날의 풍경

장바구니 인
저 아낙네의 뒤태는
장 보러 가는 길이라

가는 길 따라
앞치마가 살살 날리는 걸 보니
아직 정이 박힌 듯 흐트러지지 않고

괴나리봇짐 진
이 남정네의 면상은
장 보고 오는 길이라

오는 길 따라
바짓가랑이가 질질 끌리니
이미 혼이 빠진 듯 허우적거린다.

스며드는 흥겨운 신음들

물거품의 시간

세상이 시끄러운 것은
너는 모자라고
나는 넘치기 때문이다.

사회가 어지러운 것은
너는 입 닫아야 조용하고
나는 침 튕겨야 슬기롭기 때문이다.

그 이유로
홀로는 새의 노래 들으며 춤을 추지만
둘 이상이면 바람 소리에도 삿대질이 오가니

네 탓이라 시끄럽고
내 탓이라 슬기롭다는 생각이 사라지지 않는 한
대화는 물거품이다.

마음의 율동

생각은 감정이 아니라
물끄러미 바라보며 헤아리거나
정서에 따라 끌려가고픈
그리움이다.

느낌은 기억이 아니라
뻘쭘하게 상상하며 추스르거나
마음에 따라 몰입하고픈
정겨움이다.

산허리에서 부는 쎈 바람이라도
구름에 깃든 날개로부터 부대끼는
밝은 색깔의 그림처럼
미끄러지기도 하고

강나루에서 적신 물방울이라도
안개에 덮인 돌멩이로부터 떨어지는
맑은 빛깔의 풍경처럼
솟아오르기도 한다.

문우의 발자취

그제는 아무 생각 없다가
어제는 문뜩 가고 싶은 생각에
오늘은 출발해야겠다.

내일은 그 주변에서 기웃거리다가
모레는 그 추억에 젖어 술을 마시고
글피에 돌아와야겠다.

긴 시간도 아닌데
아주 먼 길처럼 느껴지는
그곳엔 시화가 걸려 있기에

잊었던 희열을 되찾고
잃었던 문우의 시를 되뇌며
그리움에 흠뻑 취해야겠다.

5부

한낱 낡은 꿈들

받으면
새콤달콤
복이 되고

건네면
오순도순
정이 된다.

모으면
이심전심
힘이 되고

흩으면
티격태격
꿈이 없다.

스며드는 흥겨운 신음들

위대한 자연의 빛

하늘가에 모인 구름도
막연한 애정의 즐거움이 있고

그림 속에 펼친 꽃길도
설레는 여정의 정겨움이 있으니

닿지 않는 환상의 모습에도
마음 한 칸에 전해지는 기쁨처럼

아플 때도 힘이 솟고
깊은 생각에도 혼을 쏟는다.

자연의 미소

때론 진한 감동으로
코끝에 전율이 흐를 때는
찻잔을 채우고

가끔 연한 요동으로
눈가에 떨림이 스칠 때는
술잔을 비운다.

하늘에 낀 구름이 차 향을 풍기면
새들이 돌담에 앉아
노래하고

땅에 핀 이슬이 술맛을 다시면
잡초들이 길가에 서서
춤을 춘다.

선인先人들의 향기

낡고 황폐한 집일수록
옛 추억이 애절하게 묻어나고

벌어지고 무너진 길일수록
긴 역사가 아련하게 서려 있어

닿는 곳마다 전통처럼 향기롭고
걷는 길마다 꿈결처럼 다가오니

옷소매에 그리움이 피듯
유구한 숨결 따라 휘청거린다.

가정에 핀 꽃

세월의 주름진 굴곡 너머로
육십갑자 본 궤도를 돌고 보니

위로는 부모님이 뚜벅뚜벅 걸으시고
아래는 자식들이 아장아장 걷던 그 길에는

존경하는 용안은 보이지 않으시고
사랑하는 자녀의 성숙한 모습만 우뚝 서서

멈추지 않은 시간이 물 흐르듯 지나가니
그리움과 즐거움이 날로 커져만 간다.

농업의 시련들

논바닥의 벼가 마르지 않고
도열병 없이 잘 자라주기를

밭고랑의 콩이 무르지 않고
병충해 없이 잘 버텨주기를

자식처럼
보듬지만

가뭄에 시달리다 메말라 가고
태풍에 휘말리다 쓰러져 간다.

생명줄

매듭 없이
술술 풀릴 타래실처럼

지구를 돌 듯
인류를 안듯

묵묵히 살찌울
끝없는 생명이기에

세상의 이름으로
미래를 이어 갈 끈이다.

흘러갈 뿐

진실이 온 누리에 퍼져가길 바라면
어떤 마음도 내용물을 품어야 하고

거짓이 문밖에 새 나가길 원하면
누구의 심정도 결과물을 버려야 하듯

애정에 따라 좋고 나쁜 선례에 여미지 않고
토닥이며 다가가는 포근한 인심 속에

감동 없는 거짓이 익거나 식거나 할지라도
진실의 물결은 유유히 흘러갈 뿐이다.

건강의 길

먹되
걸리지 않고
잘 씹어야 꿀맛이다.

싸되
막히지 않고
잘 쏟아야 개운하다.

자되
깨지 않고
잘 쉬어야 단잠이다.

아니면
정신이 멍하고
육신은 망한다.

스며드는 흥겨운 신음들

편한 대로

티격태격 따지지 말고
오순도순 맛나게 놀고

알쏭달쏭 딴생각 말고
새콤달콤 멋지게 살자.

세월이 가든 말든
산천에 연 날리며 춤추고

나이가 들든 말든
강물에 배 띄우며 노래하자.

시비의 격정激情

이것저것 따지다가
명쾌한 답마저 허물어지고 말면

그 진리를 찾기 위해
느낌표와 물음표 속을 거닐다 말고

하늘에 떠가는 구름이 태양을 막듯
땅에 뒹구는 낙엽이 보석을 덮듯

이런저런 옳고 그름에 녹초 되어
엉거주춤 세월의 뒤안길로 사라진다.

편한 마음으로

억척같은 생각으로
쉽게 행복을 찾을 수 있다고

쉬지 않는 노력으로
곱게 보람을 느낄 수 있다고

편한 마음으로
뜻을 이룰 수 있다고 해서

즐거운 노래를 만끽하고
달콤한 춤을 즐길 순 없다.

예전처럼

내미는 얼굴 따라
분위기가 달라지고

껴안은 마음 따라
설렘이 변해가듯

이쁜 온정을 베풀어도
예전처럼 와 닿지 않지만

두 손을 꼭 잡으면
앳된 정이 영글 것도 같다.

스며드는 흥겨운 신음들

마음의 문

단맛처럼
세상이 달콤하지 않다.

쓴맛처럼
사회가 매콤하지 않다.

하는 일마다
마음이 열리지 않는 한

즐겁다 해도 슬프고
괴롭다 해도 기쁘다.

중심 잃은 밤

붕 뜬 분위기보다는
가라앉은 심정에 따라

하늘엔 별이 웃고
땅엔 가로등이 울 것처럼

마음과 마음이 겹쳐
혼동의 시간이 되어도

머무는 공간의 등불은
졸음에 겨운 듯 깜박인다.

096

맺힌 말

아픈 만큼 성공할 때
튼튼한 돌파구가 되고

기쁜 만큼 실패할 때
끈끈한 버팀목이 되니

존경하는 봉우리에도
풍족함에 배고픔이 있고

사랑하는 끄트머리에도
달콤함에 속쓰림이 있다.

주어진 길

힘차게 발을 내닫는 것은
목적 달성의 욕망이 아니라

열심히 팔을 휘젓는 것은
물질 만능의 욕심이 아니다.

내게 준 하루의 선물을 받아
꿈을 꾸듯 삶을 누리는 거고

내가 주어진 길을 향해
행복한 믿음으로 걷는 거다.

뒤탈 없는 세상을 위해

진리를 찾아 방황할 때는
그 답을 찾는 날부터는 절망을 생각해야

성공을 좇아 뛰어갈 때는
그 꿈을 잡는 날부터는 실패를 직감해야

비로소 그 결과물에 순응할 수 있고
그 바탕 위에 동그라미를 그릴 힘이 생긴다.

마치 피지 못한 꽃망울이 터뜨려지고
활짝 핀 희망의 빛에서 열매가 물들어 가듯.

자연이 빚어낸 둥지들

새들의 노랫소리는
산천의 메아리처럼 즐거워진다.

물고기들의 춤사위는
강가의 물안개처럼 정겨워진다.

자연이 풍요롭게 살찌는 만큼
인생도 그 넓이 따라 행복해지고

사람이 아름답게 사는 만큼
사회도 그 높이 따라 웅장해진다.

스며드는 흥겨운 신음들

그 작품 속으로

가끔
단풍 든 후
낙엽 지는 날

문화 공간을 지나다
잠시 머뭇거리던 끝에
내실에 앉으면

여러 예술인이
저마다 꿈의 세계를 펼친
그 작품 속으로

마치
주인공이 된 듯
식은땀을 쏟고 있다.

저서
및
공저

스며드는 흥겨운 신음들

공저

제01집 『시몽시문학』, 「우리는」 외 5편(2008.09.)

제02집 『시몽시문학』, 「서사시」 외 6편(2009.03.)

제03집 『시몽시문학』, 「노을빛」 외 5편(2009.09.)

제04집 『시몽시문학』, 「초야에」 외 4편(2010.03.)

제05집 『시몽시문학』, 「봄노래」 외 4편(2010.09.)

제06집 『시몽시문학』, 「창작인」 외 6편(2011.03.)

제07집 『시몽시문학』, 「돌담길」 외 6편(2011.09.)

제08집 『시몽시문학』, 「여울목」 외 6편(2012.03.)

제09집 『시몽시문학』, 「님이여」 외 6편(2012.09.)

제10집 『시몽시문학』, 「청순한」 외 6편(2013.03.)

제11집 『시몽시문학』, 「외톨이」 외 6편(2013.09.)

제12집 『시몽시문학』, 「마음의」 외 7편(2014.03.)

제13집 『시몽시문학』, 「공상의」 외 6편(2014.09.)

제14집 『시몽시문학』, 「초록집」 외 6편(2015.03.)

제15집 『시몽시문학』, 「주춧돌」 외 9편(2018.06.)

제16집 『시몽시문학』, 「중년의」 외 9편(2019.11.)

제17집 『시몽시문학』, 「제자리」 외 14편(2020.12.)

제18집 『시몽시문학』, 「숙명의」 외 14편(2021.12.)

제19집 『시몽시문학』, 「메아리」 외 14편(2022.12.)

스며드는
흥겨운
신음들

펴낸날 2023년 12월 29일

지은이 권동기
펴낸이 주계수 | **편집책임** 이슬기 | **꾸민이** 이승훈

펴낸곳 밥북 | **출판등록** 제 2014-000085 호
주소 서울시 마포구 양화로 7길 47 상훈빌딩 2층
전화 02-6925-0370 | **팩스** 02-6925-0380
홈페이지 www.bobbook.co.kr | **이메일** bobbook@hanmail.net

© 권동기, 2023.
ISBN 979-11-5858-990-5 (03810)